DATE DUE

JAN 19	MAR 2
AP 13 '07	
DEC 1 7 2008	
05 2003	
AP 26 '07	NOV 26
	NOV 26
	NOV 1 5 '07

La sorpresa del cumpleaños de Nico

ISBN 0-7696-4218-7

50395

EAN

9 780769 642185

Derecho del texto © Evans Brothers Ltda. 2005. Derecho de ilustración © Evans Brothers Ltda. 2005. Primera publicación de Evans Brothers Limited, 2a Portman Mansions, Chiltern Street, Londres W1U 6NR, Reino Unido. Se publica esta edición bajo licencia de Zero to Ten Limited. Reservados todos los derechos. Impreso en China. Gingham Dog Press publica esta edición en 2005 bajo el sello editorial de School Specialty Publishing, miembro de la School Specialty Family.

Biblioteca del Congreso. Catalogación de la información sobre la publicación en poder del editor.

Para cualquier información dirigirse a:
School Specialty Publishing
8720 Orion Place
Columbus, OH 43240-2111

ISBN 0-7696-4218-7

1 2 3 4 5 6 7 8 9 10 EVN 10 09 08 07 06 05

La sorpresa del cumpleaños de Nico

de Jane Oliver

ilustraciones de Silvia Raga

GINGHAM DOG
P R E S S

Columbus, Ohio

¡Feliz cumpleaños, Nico!

6

Nico recibe regalos grandes y regalos pequeños.

¿Qué es esto?

9

¡Semillas!

Nico las siembra.

13

14

Las rega.

Espera.

Observa.

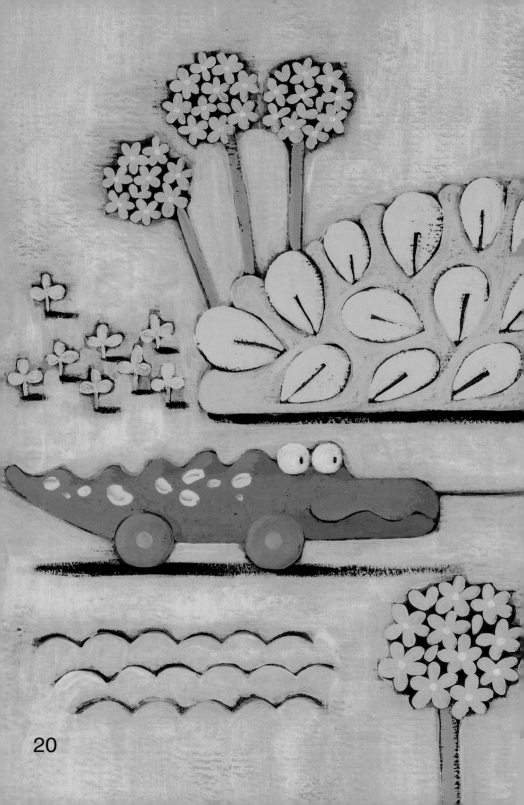

20

Nico se olvida de ellas.

¡Sorpresa!

Las semillas empiezan a crecer.

Se transforman en plantas.

28

¡Girasoles! ¡El regalo más pequeño ahora es el más grande!

¡Nico gana un premio!

Palabras que conozco

cumpleaños	pequeño
regalos	plantas
rega	observa
semillas	sorpresa

¡Piénsalo!

1. ¿Cuál fue el regalo más pequeño?
2. ¿Cómo sabes que Nico cuidó sus plantas?
3. ¿Por qué te parece que se olvidó de ellas?
4. ¿Cuál fue la sorpresa?

El cuento y tú

1. ¿Has recibido alguna vez un regalo sorpresa para tu cumpleaños? ¿Qué fue?
2. ¿Sembraste algo alguna vez y observaste cómo crecía? Cuenta acerca de ello.
3. ¿Cuál es tu flor preferida? ¿Por qué?